# O DIÁRIO PERDIDO DE **SHAKESPEARE**

PEDRO **MACIEL**

**O** DIÁRIO
 PERDIDO DE
**SHAKESPEARE**

ILUMINURAS

*Copyrigth © 2023*
Pedro Maciel

*Copyrigth © desta edição*
Editora Iluminuras Ltda.

*Capa e projeto gráfico*
Eder Cardoso / Iluminuras

*Obra da capa*:
*Hamlet ou O coração de pedra*, madeira de redescobrimento,
queijeira da fazenda dos meus avós e pedra
da nascente do Rio São Francisco; 36 x 22; de Pedro Maciel.

*Revisão*
Pedro Furtado / Iluminuras

CIP-BRASIL. CATALOGAÇÃO NA PUBLICAÇÃO
SINDICATO NACIONAL DOS EDITORES DE LIVROS, RJ
M139D

   Maciel, Pedro
     O diário perdido de Shakespeare / Pedro Maciel. - 1. ed. - São Paulo : Iluminuras, 2023.
     144 p. ; 23 cm.
     ISBN 978-6-555-19188-2

     1. Ficção brasileira. I. Título.

   23-83242     CDD: 869.3
                     CDU: 82-3(81)

   Gabriela Faray Ferreira Lopes - Bibliotecária - CRB-7/6643

2023
EDITORA ILUMINURAS LTDA.
Rua Salvador Corrêa, 119 - 04109-070, Aclimação - São Paulo/SP - Brasil
Tel./Fax: 11 3031-6161
iluminuras@iluminuras.com.br
www.iluminuras.com.br

# ÍNDICE

**PRÓLOGO, 9**

Tenho saudade do Futuro, 11
Odisseia, 13
Meus esquecimentos são memoráveis, 15
Quem vai me ensinar a morrer?, 17
O tempo é lugar de aparição, 19
Há dias tenho a sensação de que não sou Shakespeare, mas Hamlet, 21
No princípio, Deus criou o céu e a Terra, 23
Visões oníricas, 25
Eu só retorno a lugares em que nunca estive, 27
Recordar a minha vida após morrer, 29
Estou cheio dos meus vazios, 31
Lembro-me do meu pai, que não conheci, 33
Não se shakesdesespere!, 35
Rei Lear, 37
melancolia: alegria da tristeza, 39
Um dia serei todos ou ninguém, 41
Espaço do não tempo, 43
Dionísio, 45
A tragédia, gênese da filosofia, 47
Ulisses e Penélope, 49
A esfera das estrelas, 51
O tempo é circular, infinito, efêmero, 53
Homero, 55
A história de Troia, 57
A existência é uma matéria da biologia e não da astrologia, 59
Quem faz tudo não sabe nada, 61
A chuva não é um fenômeno natural, mas pássaros trazendo lágrimas, 63
A infância: o começo e o fim da eternidade, 65

Desumanizei-me ao longo da vida, 67
Tudo é vaidade e aflição do espírito, 69
O sonho é realmente meu Inferno, 71
Eu nunca alumbrei a sombra de Deus, 73
A caverna de Platão, 75
Livro do Gênesis, 77
A filosofia de Heráclito, 79
Há séculos tenho a sensação de ser Píndaro no tempo de Hesíodo, 81
Ulisses, 83
Virgílio, 85
Nunca sei do que estou falando quando falo do sonho, 87
Não tenho tempo para o passado, 89
Um dia vou me sobreviver, 91
Sou trágico, 93
Macbeth, 95
Escrevo para não enlouquecer, 97
Confúcio pregava o ócio, 99
Alexandre, o grande, 101
Eu e os pássaros não vamos escapar do céu, 103
Filosofar é uma maneira de falar de si mesmo, 105
Cada um é uma assombração de si mesmo, 107
A poesia salvou a minha infância, 109
A verdade é um segundo Sol, 111
Otelo, 113
Um dia mato a sombra do meu pai, 115
A filosofia curou a minha angústia, 117
Quem me dera ter sido Alexandre ou Sócrates, 119
Escrevo para fugir da vida, 121
Lembro-me vagamente de quem fui ou serei, 123
Sócrates, 125
Há dias tenho a sensação de viver no mundo dos espíritos, 127
A eternidade me dá vontade de vomitar, 129
Reescrever a minha história na areia do mar, 131
Orpheu, 133
Epílogo, 135

**PARA OS VIVOS E PARA OS MORTOS, 137**

**POSFÁCIO, 138**
*Pedro Maciel*

SOBRE A OBRA DO AUTOR, 140

(...); hoje em dia tudo é novíssimo. *Hoje em dia eu nem sei o que sei, e, o que soubesse, deixei de saber o que sabia.* **Hoje em dia, as ideias são compactas. Os diários são fictícios e as abstrações, exatas.** Hoje em dia, vive-se a solidão a dois. **Queimam-se livros em praças públicas.** Clarão de sombras. Hoje em dia vive-se uma aparente calma. Hoje em dia a flor já nasce aberta. O lago parado movimenta-se com a nuvem deslumbrada da chuva. Hoje em dia, pode-se ver por todos os lados os escombros dos templos. Os aterros com ar de céus. Os ventos de outros ventres. **O ventre; espaço de entretempos. Tempo é sempre um vaivém de ventos.** *O vento não ouve a si mesmo, mas nós ouvimos o vento.* Hoje em dia me pergunto que rumor é este? *O vento sob a porta.* E que rumor é este agora? Que anda o vento a fazer lá fora?
*Nada. Como sempre, nada.*
*Retornar com os pássaros*, capítulo 13,

Pedro Maciel

# PRÓLOGO

Meu nome de batismo é William Shakespeare. Nasci no dia 23 de abril de 1564, em Stratford-upon-Avon, Inglaterra. Meus antepassados são os celtas, que fundaram a terra dos britanos, atualmente terra dos anglos. O tempo sonhou-me para viver agora. Eu sou agora e sou depois. Não tenho nostalgia de quem eu poderia ter sido e não fui. Não serei quem já fui. Há dias tenho a sensação de não existir ou de ser apenas uma invenção literária, como Homero. Sinto-me exilado no meu tempo. *Desgraçado do tempo em que os loucos guiam os cegos.*

Escrevo este diário em 1608, dois anos após a praga que arruinou a Inglaterra. Minha geração está sobrevoando o abismo do tempo. Quem seremos após esta praga? Tenho saudade do futuro. O passado não passa de uma sequencia infinita de presentes. Meu tempo está condenado às trevas? Vivo no tempo da morte emboscando a vida. Só o tempo torna o assombro em sombra.

# TENHO SAUDADE DO FUTURO

Entardece nos meus olhos. Envelheci mais rápido que o tempo. Quase nada torna-se necessário após envelhecer; só nos resta a memória e a certeza da morte. Vou morrer em breve, se não me falha a memória, mas não vou abreviar minha brevidade. A morte é um espaçamento atemporal que vislumbra quase tudo o que não se deixa ver e ouve quase todas as lembranças que um dia serão esquecidas. **Morrer é viver a noite no outro lado do tempo. Eu queria conhecer o outro lado do tempo em vida. Estou prestes a abismar-me no tempo.** Morrer não é novidade para mim. Desde menino conheço a mortalidade de tudo que está vivo. Meu sonho é escrever um livro sobre a minha vida, mas só depois de morto. Nasci desiludido. Iludidos gostam de inventar verdades e anotar em diários. A verdade depende de quem diz e de quem escuta. Contradigo-me diariamente, mas nunca contradigo a verdade. Todo o resto é ficção. Minha narrativa não foi escrita para ser lida, mas para ser ouvida. Ouça em silêncio esta canção inspirada na Odisseia. Esta é a minha vida.

*(1 de janeiro, após o crepúsculo de domingo)*

# ODISSEIA

Pode-se ler todas as histórias na história da Odisseia. Narra-se um reviver que não foi vivido. Homero, além de poeta e sábio, é a síntese de todo o mundo ocidental. A cultura do ocidente foi forjada pela Grécia e Israel. Para Homero, a vida só é possível porque não temos plena consciência do tempo que nos transcende. Santo Agostinho pergunta e responde sobre o tempo: *O que é o tempo? Se não me perguntam, sei o que ele é; se me perguntam, ignoro-o.* O tempo transcorre entre a mente e o espírito. **Conheço meu tempo de memória. A memória, este rio de esquecimentos.** Há dias em que faço de conta que tenho lembranças. A desmemória me transformou em um pensador. Só o desmemoriado vive no Paraíso? A lembrança e o esquecimento são hábitos da memória. Minha memória tem uma forte tendência para o esquecimento. O que é mais atemporal do que o tempo? A memória. Até onde me lembro, meus esquecimentos são memoráveis.

*(8 janeiro, madrugada
de segunda-feira)*

## MEUS ESQUECIMENTOS SÃO MEMORÁVEIS

Hoje completei 32 anos e espero viver mais do que Jesus e Alexandre, que viveram 33 anos. Há tempos penso como será meu último dia. *Considera como teu último dia aquele que brilha para ti; a hora que não esperas mais virá para ti como uma graça.* A morte é uma desgraça. **Quem vai me ensinar a morrer? Se eu não morrer, alguém morrerá por mim. Quem morrerá por mim? Um dia vou me curar da vida.** Desde menino, tenho uma grande familiaridade com a morte. Para mim, morrer não é nenhuma novidade. Meu pai morreu jovem e, por isto, seu corpo nunca envelhece. Há dias em que ouço a sua voz em pensamento. A voz que retorna em eco é do fantasma do meu pai, e não do meu pai, que era um ser silencioso. Há décadas não faço um minuto de silêncio para meu pai.

*(14 de janeiro, manhã de domingo)*

## QUEM VAI ME ENSINAR A MORRER?

Faça Sol ou caia chuva, saio para caminhar pela Londres dos meus antepassados e estrangeiros. Para o inglês, o estrangeiro será sempre um estranho. Eu sou um estranho. O que é estranho é incivilizado, diz o ator que representa Macbeth. Aprendi ainda menino a não me estranhar com o estranho. Aproximo-me dos outros tentando aproximar de mim mesmo. O que sei eu dos estrangeiros, dos meus antepassados ou de mim? Escreve-se para descobrir a si mesmo. Quando jovem, escrevia para o leitor, mas após experimentar a sombra da solidão, passei a escrever para mim. Quando escrevo sobre os meus antepassados, escrevo necessariamente sobre o futuro. **Ontem retornei à minha cidade em ruínas. Tudo se abismou com o tempo. Mergulhei no rio que atravessa a cidade que nasci para estimar o tempo dos meus mortos. Pitágoras está certo ao afirmar que a forma do tempo é o círculo. Os pitagóricos são os primeiros a anunciar o eterno retorno.** Desde menino sei que o tempo está no tempo. Pode-se pensar no tempo além do espaço e não o contrário. O espaço é lugar de aparência, enquanto o tempo é lugar de aparição.

*(19 de janeiro,*
*tarde de sexta-feira)*

## O TEMPO É LUGAR DE APARIÇÃO

Há dias tenho a sensação de que não sou Shakespeare, mas Hamlet. O homem é naturalmente um ser teatral. Confesso que há vários traços autobiográficos na personagem de Hamlet. Não estou delirando. Não gosto de latinizar ou romantizar a vida. Aliás, não percam tempo lendo as futuras biografias romanceadas sobre a minha vida. Já me acusaram de ser indecifrável. Sou uma multidão no meio da solidão. Estamos sozinhos. Desde menino estou sozinho com a minha solidão. **Cultive a solidão, caso queira aperfeiçoar a personalidade. Nascemos e morremos sozinhos. Ninguém me ensinou a ser sozinho.** A solidão é a sombra do tempo. Conservo a minha admirável solidão, porque me apresento como um ser desprezível.

*(20 de janeiro,*
*antes do poente de sábado)*

## HÁ DIAS TENHO A SENSAÇÃO DE QUE NÃO SOU SHAKESPEARE, MAS HAMLET

Cada dia pode ser uma eternidade. Houve um dia a eternidade? Só o místico, que é naturalmente um iludido, rumina o tempo em busca da eternidade. Desmistificar o eterno para entender o tempo-presente. O tempo é o elo perdido do Universo. Pode-se afirmar que o tempo é uma invenção literária. No princípio, Deus criou o céu e a Terra, diz o Velho Testamento. Ainda nos perguntamos se o Universo teve um princípio ou se é finito ou infinito. De onde viemos e para onde vamos? Vivemos a experiência do tempo entre o espetáculo e a melancolia. A melancolia é um pássaro morrendo de sede na beira do rio. Após morrer, teremos todo o tempo do mundo. A quem pertence o tempo? O tempo só passa e repassa no espaço através dos entretempos e contratempos. Eis a linguagem do tempo-espaço. Todos os tempos transcendem o mesmo espaço. O tempo é um espírito? O que é o espírito do tempo? **O tempo é sempre o espírito do espaço. O espaço sem tempo é a morte. Gosto de pegar no sono para aprender a morrer.** Morrer deve ser como despertar de um sonho. Um dia não vou mais precisar morrer.

(23 de janeiro, após o *crepúsculo de terça-feira*)

# NO PRINCÍPIO, DEUS CRIOU O CÉU E A TERRA

Aprendi tudo sobre o mundo através do olhar. Desconfie dos que não olham nos seus olhos quando estão falando de si mesmos. Os olhos são as luas do corpo. Desde menino converso com os olhos. Caso não consiga silenciar, fale apenas com os olhos. Olhe nos olhos. Quem olha nos meus olhos vislumbra vastos desertos. O deserto é um livro de areia esquecido pelo tempo. Ouço o som amarelo do Sol. **Quem olha nos meus olhos vê o Sol de Ícaro e revê tudo que me fez verter lágrimas. A lágrima é a chama do corpo.** Quem olha nos meus olhos avista o tempo do que não é avistado. Desde menino tenho visões oníricas. Alucinações. Gosto de alumbrar o mundo que ninguém deslumbra. Quem olha nos meus olhos descobre o inferno do meu céu, redescobre quem fui e, provavelmente, quem serei.

*(1 de fevereiro, antes
da alvorada de quinta-feira)*

# VISÕES ONÍRICAS

Quer vislumbrar o futuro? Encontre o tempo perdido. O tempo dos meus antepassados é uma espécie de oráculo do futuro. Meus antepassados vivem em mim. Sou o que meus antepassados já não são. A maioria das pessoas vive à sombra dos seus antepassados. Hoje em dia só me resta o passado onde fui futuro. Sinto falta do futuro que nunca vivenciei. Há dias em que sinto medo do passado. A minha tragédia foi ter nascido antes do futuro? Há tempos não espero pelo futuro. Ontem visitei pela última vez as ruínas da minha casa. Retorno de onde venho. **Eu só retorno a lugares em que nunca estive. O tempo está me transcendendo diariamente. Eu cheguei muito antes ao futuro.** Sinto-me desterrado do meu tempo.

*(4 de fevereiro, após*
*o crepúsculo de domingo)*

## EU SÓ RETORNO A LUGARES EM QUE NUNCA ESTIVE

Há dias em que finjo não existir para aprender a morrer. Nascer é o nosso primeiro ato político assim como morrer é o nosso último ato filosófico. Para Aristóteles, a politica está enraizada na natureza humana. Recordar a minha vida após morrer; eis o meu sonho. Se eu não sonhar, alguém sonhará por mim. Um dia vou deixar de sonhar-me, mas antes vou inventar uma nova realidade. De que vale um sonho que não nos revele a realidade? Há tempos não sonho. Meu sonho é que todos esqueçam de que existo. Sinto-me como se eu não existisse quando não sonho. A realidade só existe porque sonho? O sonho nos permite viver uma experiência com o tempo que está muito além da realidade. Sono é assombramento da realidade, enredo intraduzível da ficção. O sonho – temor da realidade. Um dia, o sonho vai realizar-me.

*(9 de fevereiro, manhã nublada de sexta-feira)*

# RECORDAR A MINHA VIDA APÓS MORRER

Estou cheio dos meus vazios. Abro um livro de poesia em busca da salvação. A poesia é uma linguagem inventada pelos melancólicos para esclarecer as sombras, dormir com as pedras, conversar com as árvores ou para mergulhar no rio da vida. O poema nasce das coisas passageiras, como a nuvem, o vento ou o tempo. Para mim, o poema é para ser sentido e não pensado. Todo poema é uma dança do corpo, um sentimento do tempo ou um som da memória. Poesia pela poesia; eis a armadilha dos românticos. Poesia é investigação dos mistérios do mundo. Todo o resto é filosofia. Cura-se as dores espirituais lendo os poemas da *Ilíada*. Quando eu era criança ficava atrás da porta com lágrimas nos olhos, ouvindo em êxtase a minha mãe lendo em voz alta os versos particulares do mais universal dos poetas. Homero, o poeta cego, criou uma poesia extraordinariamente visual. **Pode-se aprender com Homero, o fabulador, todas as analogias da luz e da sombra, todos os entretempos e contratempos do tempo.** A escrita é a porta de um templo em ruínas. Não sou Homero nem Virgílio para escrever a epopeia ou a elegia do meu assombrado tempo.

*(13 de fevereiro,*
*noite de terça-feira)*

## ESTOU CHEIO DOS MEUS VAZIOS

Eu só me lembro vagamente que estou vivo. Estou vivo. Estou perdendo a memória, mas ainda lembro que tenho todo o tempo do mundo. **Lembro-me do meu pai, que não conheci. Hoje em dia já não sinto a sua falta, penso comigo. Tudo que eu penso, eu sinto.** Lembro-me da casa do meu pai e da história sem fim dos meus antepassados. Meu destino é a história dos meus antecedentes que nomearam as constelações e libertaram os escravos. Somos os nossos passados. Lembro-me da infância perdida e do amor que me cegou. Alumbrei-me em plena luz da lua. O que é o amor senão vislumbrar o invisível? Lembro-me diariamente do pátio ensolarado das minhas assombrações. Lembro-me de tudo. Tudo é lembrança de uma lembrança de uma outra lembrança.

*(16 de fevereiro,*
*manhã de sexta-feira)*

## LEMBRO-ME DO MEU PAI, QUE NÃO CONHECI

Hamlet é o meu alter ego jovem. O ator que representa Hamlet me disse após o ensaio: "Não se shakesdesespere!". Os desesperados inventaram a esperança. Eu só espero o inesperado. Há dias que sinto que Hamlet sou eu. **Hamlet me salvou de mim mesmo, apesar de não ser nenhuma ave da alvorada. Desde então já não vejo o fantasma do meu pai.** Ontem esqueci o nome do meu pai. *Pai, por que me abandonaste?* Os antepassados estão condenados a serem esquecidos. Ele morreu para que eu forjasse a minha tragédia? Em breve vou enterrar a sombra deslumbrada do meu pai. Toda sombra é uma ilusão. Segundo Plotino, *eu mesmo sou uma sombra, uma sobra do arquétipo que está no céu. Para que fazer uma sombra dessa sombra?* Em breve, vou ser livre e não mais precisarei projetar as minhas sombras. Em dias ensolarados procuro-me na sombra do meu pai. Desde menino luto contra meu pai. Os mortos sempre perdem a guerra para os vivos.

*(18 de fevereiro, antes da alvorada de domingo)*

## NÃO SE SHAKESDESESPERE!

Minha família é terrível. O "laço familiar" pode nos enforcar. Meus irmãos gritam muito alto e ninguém escuta ninguém. Todos confiam desconfiando. O princípio de qualquer relação é a confiança. **Eu só confio nas crianças e nos poetas. Os deuses evocam sonhos para as crianças e provocam pesadelos para os poetas. Só as crianças e os poetas agem filosoficamente.** Fugi de casa aos 16 anos e nunca mais voltei. Preferi fugir de casa a fugir de mim. Sentia-me exilado dentro da minha própria casa. Todos os contratempos familiares que vivenciei inspiraram a minha poesia e dramaturgia. Escrevi *Rei Lear*, *Macbeth*, *Hamlet*, *Otelo* e *A comédia de Erros* inspirado na minha cruel família. Esta é a mais pura verdade. A verdade é a luz em meio aos escombros do tempo.

*(27 de fevereiro, após
o crepúsculo de terça-feira)*

# REI LEAR

Um dia será provado que o homem descende do macaco. O surgimento do homem não se deve ao gênesis bíblico. Não perca tempo com as especulações da astrologia nem com as falações da metafísica. A lua explica a metafísica assim como o Sol explica a física. Só eu posso vislumbrar a aurora e o crepúsculo que há em mim. O crepúsculo é a noite transcendida de aurora. Noite, sonho das estrelas e sono dos mortos. Sou um confabulador noturno. Todo dia morro com a noite. A noite é o livro das estrelas. Há tempos estou sobrevoando meu crepúsculo? Anoiteço em plena luz do dia. A melancolia me dá asas. Quando estou muito melancólico volto a reler os gregos, como Píndaro, Sófocles, Homero e Heródoto. **Para Platão, a melancolia é o vômito da alma enquanto para mim é a alegria da tristeza. Eu queria ser a aurora do meu tempo, mas desde menino sou o crepúsculo.** Ler a realidade e o tempo desapaixonadamente: eis a física, delírio do pensamento. Preciso voltar a fazer exercícios físicos para aliviar o espírito. Eu sou o espírito de porco do meu tempo.

*(17 de março, após a aurora de sábado)*

## MELANCOLIA: ALEGRIA DA TRISTEZA

Chove, apesar do dia ensolarado. Gosto de tomar chuva; um dia vou virar nuvem. O que é a chuva senão nuvens de rios desaguando lágrimas? Tenho sede de nuvens. O que é o tempo senão a nuvem desaguando lembranças? As nuvens circulam por todos os céus e cada nuvem é todas as chuvas e a memória. **Nuvens colecionam lembranças. Carrego um temporal de lembranças. Sou a memória das histórias sem princípio nem fim. Todas as histórias que narro são invenções dos sonhos ou da memória.** Minha memória tem uma forte atração pelo esquecimento. Um dia vou viver de esquecer. Meus esquecimentos são memoráveis. Escrevo para me esquecer. A literatura é a única arte que permanece na memória, ao contrário das outras artes que são admiradas e depois esquecidas. Ninguém me ensinou a magia de esquecer. Quem vai lembrar dos meus esquecimentos? Sou os livros não escritos e as pinturas das cavernas apagadas pelo tempo. Aprofundo lembranças para tentar me localizar. Sou onde nunca estive. Olho-me no espelho e vejo que já sou outro. Nunca sonhei em ser ninguém além de mim mesmo. Um dia serei todos ou ninguém ou, quem sabe, Shakespeare.

*(18 de março, dia ensolarado de domingo)*

## UM DIA SEREI TODOS OU NINGUÉM

Os ingleses forjaram um país de reis e bobos. O passado é tudo o que o inglês quer esquecer. Os antepassados são o espelho do tempo. Vivos e mortos estão encarcerados no tempo. Todo o resto é ilusão da liberdade. Vivo o futuro dos meus antepassados. Ao contrário dos povos antigos, o objetivo do meu tempo é mudar o mundo. A modernidade surge no século 16 porque o homem desiludiu-se do mundo. **Os ingleses foram criados para colonizar o mundo. O mercado e a escravidão ditam quem vai viver ou morrer. A história é uma ruína, um templo de escombros assombrado por nossos antepassados.** Hoje em dia, meus antepassados são apenas sombras vagando em um espaço do não tempo. Só eu posso iluminá-los. Há dias, dependendo da intensidade do Sol, as minhas sombras se afastam uma das outras. O que as sombras querem de mim? Querem me assombrar? Será que as sombras são apenas o meu tempo passando antes de mim? Há dias me escondo das minhas sombras, porque não quero mais retornar ao passado, esse tempo que, às vezes, insiste em não passar. Minhas sombras só iluminam o espaço que existe entre mim e eu.

*(19 de março,*
*tarde de segunda-feira)*

## ESPAÇO DO NÃO TEMPO

O que é o amor senão ser ninguém para que o outro seja alguém? Só quero ser eu mesmo e mais ninguém. O amor ao próximo nos distancia de nós mesmos. Amar o próximo: eis a glória dos iludidos. Amar é concordar em perder a liberdade. Édipo simulava crimes para vingar todos os que o desamaram. O amor não tem nenhuma lógica, dizem os matemáticos. Amor é para ser vivido, e não para ser compreendido. Amar é vivenciar uma vida sobrenatural? O amor é para os inconscientes. Meu inconsciente paira à céu aberto. Olho para a Via Láctea e me pergunto quantos bilhões de estrelas são hospedadas nesta trilha do céu. Quem ama repara nas estrelas. O amor pode nos destruir ou nos salvar. **Inspiro-me mais em Mercúrio e Marte do que em Vênus ou Baco. Minha literatura sempre foi dionisíaca. Desde menino, sei que a vida é muito mais importante que a literatura.** Dionísio é um amante à moda dos deuses. Vivo em uma época em que os deuses saíram de moda.

*(25 de março, manhã de domingo)*

# DIONÍSIO

Hoje terminei de ler *Os Ensaios*, de Montaigne, um livro sentimental. Ele nos ensina tudo sobre a honra. Todo pensamento filosófico resgata a memória involuntária para relembrar a tragédia, gênese da filosofia. Um dia a ciência natural vai esclarecer de onde viemos e para onde vamos. Os desenhos ingênuos e perturbadores das grutas de Lascaux já anunciavam as tragédias do nosso tempo. A tragédia forja o herói assim como a ironia molda os deuses. Os anglos dizem que a epidemia é uma punição dos deuses. Os deuses sempre fazem companhia a quem ignora a realidade. Pode-se afirmar que os deuses nunca me sonharam assim como eu nunca sonhei com eles. Quando nasci, os deuses já estavam mortos. Admiro os deuses, porque eles não existem. **Há dias vivo em um espaço sem tempo por causa da epidemia. Vivo no tempo-espaço de outra dimensão. O tempo não está no espaço, mas no pensamento, assim como a nuvem não está no céu, mas no coração.** O meu tempo é onde não estou. Há dias faço de conta que o tempo não existe. Todo tempo é imaginário. Tenho a sensação de que retornei ao espaço anterior ao tempo.

*(28 de março,*
*manhã de quarta-feira)*

# A TRAGÉDIA, GÊNESE DA FILOSOFIA

Não sou Ulisses, filho de Laertes, mas um dia volto à Ítaca para me reencontrar com Penélope e viver o meu grande amor: eis o meu sonho. O que é o sonho senão um ensaio da realidade ainda não vivida? *Somos feitos da mesma matéria de nossos sonhos.* Nascemos para o sonho e não para o amor. O coração dispara enquanto o tempo para. Isto é o amor, espaçamento sem tempo. Não há filosofia ou lógica que o explique. Estou exausto de filosofias. Toda a filosofia é uma narrativa trágica. Sócrates pergunta e responde: *Há alguma coisa mais vã que a sombra de um filósofo? O próprio filósofo.* Eu só quero viver o dia a dia e reparar o Sol romper as nuvens para azular o céu. Isto é o amor? Amar é sentir tudo e não pensar em nada. **O meu coração foi devastado ao longo do tempo. Confesso-lhe que sempre desejei o amor e temi a morte. Morrer é tão natural como colher flores em plena primavera.** Você sabe o que é o amor? Ninguém sabe o que é o amor. Portanto, como vão entender o que é a morte?

*(29 de março, noite
enluarada de quinta-feira)*

## ULISSES E PENÉLOPE

A literatura é mais misteriosa que a música, porque a palavra é, antes de tudo, sonora. A música é o núcleo de todas as artes. Escrevo porque não sou músico. As letras, palavras e desenhos redescobertos nas grutas e cavernas surgiram antes do som. O pensamento é anterior à música das palavras. Meus pensamentos são uma espécie de instrumentos musicais. Minha escrita é um contraponto, superposição melódica, arranjo em busca da harmonia. Toda palavra já é música. A música é o templo dos espíritos doentes de razão. Este diário é uma sinfonia. Compreende-se a música através da imaginação e não da razão. Imagino com o sentimento. **Conta-se que o poeta François Villon não gostava de música e astronomia. Para o poeta, a esfera das estrelas, expressão criada pelo místico Pitágoras, era um devaneio do matemático, que morreu surdo.** Sinto tudo quando ouço música. A música, êxtase do silêncio. Pelo silêncio, decifra-se o som. Há tanto silêncio a ser sonorizado.

*(30 de março, antes
do poente de sexta-feira)*

## A ESFERA DAS ESTRELAS

Outro dia sonhei com os meus antepassados, que continuam sonhando comigo. Sou o que me sonharam os meus antepassados. Há dias em que acordo assombrado após visitar a caverna dos sonhos. O sonho é sempre uma recordação do passado. **Meus antepassados anteciparam os tempos. Eles ainda aguardam a eternidade, essa memória coletiva. O tempo é sempre épico. Compreendi o tempo dos meus antepassados muito antes de saber o que é o tempo.** O tempo é circular, infinito, efêmero. Não sei do que estou falando quando falo sobre o tempo. O tempo não existe, afirma o poeta. Só existe o passar do tempo. Hoje em dia, sei que o tempo retorna, para ou avança conforme o nosso pensamento. Eu só penso meus pensamentos. O pensamento faz o que quer comigo. Minha pátria é meu pensamento. Tudo está na mente, exceto o sentimento? Sinto com o pensamento.

*(1 de abril, após o crepúsculo de domingo)*

## O TEMPO É CIRCULAR, INFINITO, EFÊMERO

Hoje, logo a pós a aurora, sonhei com o crepúsculo. O dia amanheceu escuro. Há dias tenho vontade de ir para a Mesopotâmia. Segundo Homero, o inventor de narrações, este povo habitava nos confins do mundo, entre os rios Tigres e Eufrates. Minha história transcorre através do rio, e não através do mar. O rio é caminho que ensina tudo sobre o tempo. Faço silêncio para ouvir o rio do meu tempo. Ouço vozes do outro lado do tempo. Há dias ouço a voz de Agamenon ensurdecendo Electra. Ontem, de madrugada, encontrei com Agamenon na praça em frente ao mercado público. Mortos fingem que nos escutam e nós fingimos que falamos com os mortos. **Todo morto é um deus. A morte é um alumbramento? Lembro-me dos mortos que ainda vivem. Vive-se para aprender a morrer?** Morrer é o acontecimento mais ordinário que vai nos transcender. *Sei que sou mortal por natureza e criatura de um só dia.* Em breve retornarei para esta sombria noite onde nunca estive. Comigo morre um tempo que nunca mais vai circular.

*(2 de abril, após a aurora de segunda-feira)*

# HOMERO

Benditos os gregos que nos ensinaram a desromantizar o amor. Os gregos sobreviveram ao longo dos séculos porque acreditam em seus mitos. Talvez os gregos seja o único povo do ocidente que acredita em seus mitos. Pode-se afirmar que o mito não vive à margem da realidade, mas no centro da realidade. O mito é o tempo iluminando o espaço. O espaço é o espelho do tempo. Todo o resto é ilusão. Homero estava fabulando ao narrar a história de Troia. A história é um cavalo com viseira. **Helena, a paixão maldita de Homero, nos ensina o que é o amor. Ainda hoje me lembro como me apaixonei no jardim de infância pela primeira vez por aquela menina de tranças que olhava melancolicamente para o céu. Somos todos escravos do desejo. Não desejes e será livre.** O princípio do amor é vislumbrar o que não é visível. Preciso urgentemente marcar uma consulta com o oculista.

*(6 de abril, após o crepúsculo de sexta-feira)*

# A HISTÓRIA DE TROIA

O ser humano deveria viver conforme o seu pensamento. Eis a glória da existência. A existência é uma matéria da biologia e não da astrologia, penso comigo. Os pensamentos são os rios do tempo. Todo pensamento oculta um sentimento que não soube como se expressar. Ouço o silêncio profundo do sentimento. **Toda a minha obra é para ser sentida e não para ser pensada. Sou um escritor sensacionista.** Há dias em que me oriento através de sensações. Ouço o tempo dos meus antepassados. Todo dia morro de uma vida que não vivenciei? Há dias em que não sei se o tempo dos meus antepassados passa por mim ou passa em mim.

*(20 de abril, manhã
de sexta-feira)*

## A EXISTÊNCIA É UMA MATÉRIA DA BIOLOGIA E NÃO DA ASTROLOGIA

Todo dia deslumbro-me com o crepúsculo. Morro diariamente ao anoitecer. É noite plena, mas está tudo claro? Só tenho certeza das minhas dúvidas. Não cultivo certezas nem razões. Quem faz tudo não sabe nada, diz o meu avô. Sei quase nada sobre tudo. Após Sócrates, ninguém ousou afirmar saber tudo. *Nenhum ser vai para o nada.* **Os homens, ao serem enterrados, criam raízes na Terra, enquanto as mulheres elevam-se ao espaço das estrelas.** Sei apenas que estou a morrer. Estou a morrer desde menino. *Morrer – dormir, nada mais; e dizer que pelo sono se findam as dores, como os mil abalos inerentes à carne – é a conclusão que devemos buscar.* A luz do crepúsculo nesta época é sempre sonora. Pode-se ouvir a música das estrelas antes da escuridão noturna.

*21 de abril, após o
crepúsculo de sábado)*

## QUEM FAZ TUDO NÃO SABE NADA

Continua chovendo em Londres, como quase todos os dias. A chuva não é um fenômeno natural, mas pássaros trazendo lágrimas. Quem chora debaixo da chuva está anunciando uma tragédia. Toda tempestade é um descontentamento das nuvens e dos ventos. O vento desperta o sono das nuvens. A Terra do vento; eis o tempo. O ar circula para lembrar que era Terra. Todo dia deixo o meu tempo aos quatro ventos. Eu sempre regresso no tempo em dias de tempestade. **Para escrever "A tempestade" me inspirei no ensaio "Sobre os canibais", de Montaigne, que apresenta os habitantes da França Antártica como seres virtuosos e corajosos.** Que sei eu dos habitantes da França Antártica? Os cronistas chamam os nativos de bárbaros apenas por não comungarem os mesmos costumes. A França Antártica será em pouco tempo uma nova e fantasiosa Grécia.

*(22 de abril, antes da chuva
assombrar o céu de domingo)*

## A CHUVA NÃO É UM FENÔMENO NATURAL, MAS PÁSSAROS TRAZENDO LÁGRIMAS

O diário é sempre uma narrativa sobre a vida que poderia ter sido. Meus mortos da infância me ensinaram a envelhecer. O crepúsculo está me transcendendo há dias. A infância: o começo e o fim da eternidade. Na infância, pressentimos o tempo a ser vivido assim como na velhice sentimos o tempo já vivido. *Não devias envelhecer antes de ficares sábio.* **A sabedoria só surge através da dor e do amor. Os vícios da juventude ampliam-se na velhice. Envelhecer é se desiludir.** Estou abismado com a passagem do tempo. Vivo num tempo histórico em que a história é narrada como encenação teatral, enredo de verdades mentirosas ou trama da realidade ficcional. A história seria um relato fascinante, se fosse verdadeiro. Uma história sempre reverbera em outra história. Tudo é repetição. Os diários dos meus antepassados foram escritos com o próprio sangue. O diário é naturalmente um conjunto de textos autobiográficos e uma declaração histórica. Há nas profundezas do mar da Inglaterra uma história de glória e, ao mesmo tempo, de cinzas.

*(4 de maio, antes do crepúsculo de sexta-feira)*

## A INFÂNCIA: O COMEÇO E O FIM DA ETERNIDADE

Toda a minha obra revela a história dos pesadelos do mundo pré-moderno. Pode-se afirmar que é um retrato ampliado das fraquezas e defeitos inerentes à espécie. Só através do homem e não da espécie pode-se entender a desumanidade. Desumanizei-me ao longo da vida. As situações intoleráveis, a angústia e o absurdo, os ambientes bizarros e a força poética dos meus argumentos são as ideias centrais da minha obra. **Narro os meus dias de ontem e os meus dias de amanhã como se tudo transcendesse hoje em dia. Há noites olho atentamente as estrelas morrerem no céu da cidade em que nasci.** O diário; essa infinita e esquecida canção da noite. *Não há noite tão longa que não encontre o dia.*

*(8 de maio, após a aurora de terça-feira)*

## DESUMANIZEI-ME AO LONGO DA VIDA

A história universal é um breviário do mal. *É preciso desaprender o mal.* Vivo numa época da crueldade. Estou melancólico. Ovídio transformou-se em um sujeito melancólico por causa do exílio. Há dias tenho a sensação de ser Ésquilo no exílio. **Minha história é semelhante à história dos refugiados. Há séculos estou em busca de mim mesmo.** *Tudo é vaidade e aflição do espírito. Para o filósofo, os vícios de outrora se tornam os costumes de hoje.* Pode-se observar em mim o individualismo, o egoísmo, a indiferença em relação aos outros, os paradoxos, as vergonhas, as taras, as tristezas, os pesadelos e as vaidades.

*(9 de maio, manhã de quarta-feira)*

# TUDO É VAIDADE E AFLIÇÃO DO ESPÍRITO

O diário é um manual de sobrevivência. Pode-se afirmar que o diário é um amontoado de notas dispersas, fragmentos de comentários, cenas de monólogos, apontamentos críticos, desaforismos irônicos e miniensaios autobiográficos. Incorporei neste diário a poesia, o conto e o romance. Os protagonistas são reais, mas as tramas são fantásticas. Estou consciente de que a minha escrita transcende o próprio consciente. Escrever é exilar-se do tempo. O que é a minha escrita senão uma história do sonho? O sonho me alucina. Para mim, o sonho sempre foi uma luz para desvendar o real. O sonho é realmente o meu Inferno. **Ptolomeu, rei da Síria, deve estar se revirando no Purgatório com a destruição da sua Terra. Ele sonhou ressuscitar em um dia ensolarado à margem do mar morto.** Pode-se realizar tudo nos sonhos, apesar do sonho ser um enredo de ficção.

*(20 de maio, após o crepúsculo de domingo)*

## O SONHO É REALMENTE MEU INFERNO

O que diferencia os homens de Deus é que nós trabalhamos diariamente enquanto Ele descansa por toda eternidade. A eternidade é o milagre do tempo. Este tempo-do-não-espaço é um delírio imaginário e visual. Deus só aparece para os cegos de espírito. Não perco tempo olhando a escuridão que os cegos veem. Nunca esperei nada de Deus. A esperança é o sentimento de quem não pensa. Homens que não pensam estão sempre anunciando um novo deus. Deus morreu há milênios, mas os homens insistem em não enterrar esse corpo onipresente. **Pode-se afirmar que Deus é uma mistificação. Deus é ninguém? Ele finge existir e nós fingimos acreditar na sua existência. Deus não existe em lugar nenhum. Crer em Deus é desacreditar em si mesmo. Deus é desumano?** Eu nunca alumbrei a sombra de Deus assim como Ele nunca deslumbrou a minha luz. Sou mais frágil que um pássaro, mas sou mais iluminado que Deus.

*(22 de maio, tarde de terça-feira)*

## EU NUNCA ALUMBREI A SOMBRA DE DEUS

Eu devo às minhas sombras os meus dias mais iluminados. Somos uma sombra entre as sombras. Não sei se é a minha sombra ou se sou eu que me vê quando olho no espelho. Os espelhos nos ensinam ao longo do tempo que já não somos mais os mesmos. Apago a luz para acender a minha sombra. Após a minha morte, serei uma sombra entre as infinitas sombras. A minha sombra é a minha morada. Moro em Londres porque quase todos os dias chove. Prefiro guardar chuvas do que lembranças. Lembrar é como andar debaixo de chuva. Um tempo sem chuvas é um tempo sem memória? **Sou o tempo dos meus antepassados, os caminhos abandonados que me trouxeram até aqui, a caverna esquecida de Platão.** Um dia vou viver só de lembrar.

*(23 de maio, após o Sol desassombrar o céu de quarta-feira)*

## A CAVERNA DE PLATÃO

Hoje a nevasca quase encobriu a cidade. Só se vê as nuvens de neve iluminando a escuridão do tempo. Sou as nuvens dos dias ensolarados. Meu corpo começou a se devastar com a passagem do tempo, mas o espírito continua a vaguear pelo espaço afora. O corpo é a tatuagem do espírito. O que é a história do espírito, senão a história do tempo e seus entretempos? Desde menino estou por dentro do meu tempo. Graças à consciência do tempo retorno a lugares onde nunca estive. Aprendi tudo sobre a passagem do tempo ao ler o *Livro do Gênesis*. Eu leio como a estrela lê a escuridão do céu. Quem eu me vejo quando olho no espelho? Sou eu mesmo o meu próprio espelho. Muitos me perguntam quem sou e de onde venho, como se eu fosse a escuridão e eles os clarividentes. **Não sei quem sou quando penso quem sou eu. Não me pergunto quem deixei de ser ou quem serei; sou.** Meu nome é Shakespeare, mas pode me chamar de Sócrates.

*(27 de maio, noite de domingo)*

# LIVRO DO GÊNESIS

Ouça o horizonte, ilumine-se, desenhe o seu rosto na pedra: seja o guardião da Terra. Pode-se afirmar que a natureza e suas leis ainda não foram expostas para a humanidade. Continuamos imersos na escuridão. A natureza é uma enciclopédia que ensina a nos humanizar. A condição humana é de uma crueldade intolerável. Fédon conta que após Sócrates tomar veneno no cárcere, o filósofo fechou os olhos e começou a narrar os acontecimentos humanos. Filósofos contemporâneos defendem a humanidade, mas só existem humanos. Sou um homem do meu tempo? Sinto-me como Sócrates, exilado do meu tempo. Quanto tempo tenho de vida? Um dia vou morar à beira do Rio Tejo para não morrer de tédio. Conta-se que Heráclito morreu afogado no rio que margeia Éfeso. Eu mergulharia mais de duas vezes nas águas do mesmo rio para salvar o filósofo. **A filosofia de Heráclito que prega o fluxo permanente da existência é uma provocação contra o tempo. Antigamente o tempo era chamado de rio profundo.** Conheço todos os caminhos que levam à desembocadura dos rios. Para conversar com um rio é preciso ser um mar. Desde menino navego o rio do mar que deságua em mim.

*(1 de junho,*
*madrugada de sexta-feira)*

# A FILOSOFIA DE HERÁCLITO

Não há humanidade sem a palavra. Invento palavras para expressar o que não sei como expressar. A palavra é o meu céu e, ao mesmo tempo, o meu caos. Toda palavra me lembra uma parábola. Oriento os atores a *ajustar o gesto à palavra, a palavra ao gesto, e que cuide de não perder a simples naturalidade. Pois tudo o que é forçado foge do propósito da atuação, cuja finalidade, tanto na origem como agora, era é erguer um espelho diante da natureza. Mostrar à virtude suas feições; ao orgulho, o desprezo, e a cada época e geração, sua figura e estampa.* O ator incorpora o espírito dos antepassados. O tempo deles é muito nublado e não é deste mundo. Desde menino, sou onde não estou. Quem sou eu ou o que sou eu? Escrevo-te porque não sei quem sou. Não retorno no tempo porque sei que tudo já não é como era antes. Há dias sou quem não sou, mas também há dias em que sou o que sou. Há séculos tenho a sensação de ser Píndaro no tempo de Hesíodo.

*(3 de junho, tarde de domingo)*

## HÁ SÉCULOS TENHO A SENSAÇÃO DE SER PÍNDARO NO TEMPO DE HESÍODO

Minha morada é dentro de mim. Eu quero partir, como quem sabe que o caminho não tem volta. **Preocupo-me com a meta e não com o caminho. Acertei em ir embora de casa para longe. Fugi da família para me salvar.** Ninguém pode imaginar o que sofri convivendo com meus irmãos. Presenciei guerras homéricas entre Abéis e Cains. Lembro-me do dia em que mandei minha família pro quinto dos infernos. As estrelas do céu foram enterradas na Terra em que nasci. Acho que estou livre do meu passado. Tudo que sou o tempo levou. Meu passado é dos meus antepassados? Sou responsável por todo o meu passado. Só retorno ao passado quando chegar ao futuro. Não retorno ao passado, porque não quero sentir as dores do tempo nem avanço no futuro porque temo a morte. Eu não sou Proteu para vislumbrar o futuro e dramatizar o presente. Em minha casa é melhor partir do que chegar. Desde menino sei que os traumas forjaram a minha vida. O esquecimento me curou. Ontem a memória devolveu o meu tempo. Memória é um tempo alumbrado que desperta as estrelas apagadas. Retornar para minha casa é sempre uma rememoração das tragédias, como as de Ulisses ou a de Édipo.

*(4 de junho, noite de segunda-feira)*

# ULISSES

Hoje terminei de ler a *Odisseia*. Leio Homero e Virgílio como se eles vivessem em meu tempo. Homero é o exemplo mais notável da farsa histórica. Cerca de noventa cidades afirmam ser a cidade natal de Homero. Provavelmente o poeta é uma invenção dos gregos, assim como o mito, que não passa de uma lenda do tempo. A história é também lenda e fantasia. **O poema é a história de tudo o que poderia ter sido e não foi. O poeta escava a linguagem assim como o arqueólogo descava o tempo.** Esse "desaforismo" poderia ter sido escrito por Anacreonte. A poesia é um andarilho que caminha sem destino. Pode-se afirmar que a poesia é a recordação da ficção que se tornou realidade. O poeta me lembra a pessoa que ainda não sou. O poeta é naturalmente um pensador crítico, aquele que expõe suas vergonhas, flagelos, indecências, fracassos e humilhações.

*(13 de junho, após
o poente de quarta-feira)*

# VIRGÍLIO

Eu só durmo para sonhar. Vivi minha vida, ou tudo não passou de um sonho? Fui mais feliz em sonho do que na vida. Para mim, escrever é uma maneira de afirmar a felicidade. Pensar que somos o que sonhamos é uma felicidade ou uma ilusão? Sou um desiludido porque desde menino desconfio das pessoas mais confiáveis. O que eu fiz da vida senão sonhar? Aqui se sonha, aqui se ilude. Sofri ilusões. Hoje em dia sou um homem desiludido. Dom Quixote caiu do cavalo ao sonhar e, ao despertar, descobriu que estava morrendo e não sonhando. O sonho revela mais sobre a realidade do que a matemática. Sonho, depois volto a viver. Escrevo para cair na real. O que não sonho não é real. Quando revelo um sonho estou revelando a transcendência do tempo dentro de mim. **Para mim, tudo acontece no sonho. Estou me sonhando? Eu sou um sonhador, quero dizer, desvendo a realidade de olhos fechados.** Para o sonhador, a realidade é sempre irreal. Nunca sei do que estou falando quando falo do sonho.

*(17 de junho, após
a aurora de domingo)*

## NUNCA SEI DO QUE ESTOU FALANDO QUANDO FALO DO SONHO

O pensamento é um alumbramento. Sinto o pensamento. *Não existe o bom ou o mal; é o pensamento que os faz assim.* Os sentimentos mais profundos surgem da mente. Tudo está na mente. Todas as lembranças e esquecimentos, amores e desprazeres, crimes e sonhos são forjados na mente. O que esperar da mente de Nero que mandou matar a mãe, o irmão e Sêneca que o educou? Somos vítimas do nosso pensamento e também do passado que já vai longe da gente. Não tenho tempo para o passado. Não vivo de lembranças. Acostumei-me a reviver apenas o tempo-de-agora. Estou vivenciando o presente que já é passado. **Meus antepassados só dialogavam com o futuro. Sou melancólico, porque não nasci no futuro. Aprofundo lembranças para lembrar do futuro.** Todo o tempo é futuro, futuro do pretérito ou do presente.

*(23 de junho, antes do crepúsculo de sábado)*

# NÃO TENHO TEMPO PARA O PASSADO

Meu pai nasceu na primavera de 1533. Às vezes, tenho a sensação que ele não morreu, que está vivo e que, em breve, vai retornar para casa. Estarei em casa quando meu pai retornar. Há tardes em que me sinto melancólico como o crepúsculo. A ausência dele me ensinou que estou sozinho comigo mesmo. Meu pai é uma casa do tempo fora do espaço. Só permanece no tempo os espaços projetados para além do tempo. Herdei do meu pai os óculos e os relógios de bolso. Herdei os mortos recentes e os mapas antigos. Herdei o tédio e a vontade de viver dele que morreu antes do meu nascimento. **Morro de saudade do pai que não tive. Um dia vão inventar uma ciência para estudarem a saudade e a melancolia. O que é saudade e a melancolia senão duas estrelas enterradas no horizonte do tempo?** Há dias tenho a sensação que o espírito do meu pai divaga na Terra enquanto o seu corpo permanece do outro lado do tempo. Não choro pelos mortos, mas pelos vivos. Há dias estou morrendo. Um dia vou me sobreviver.

*(3 de julho, após o crepúsculo de quarta-feira)*

## **UM DIA VOU ME SOBREVIVER**

Sou trágico. Comemoro fracassos. Sei que fracassei. Só os fracassados e os vencidos são orgulhosos. O sucesso é uma sucessão de fracassos. Fracassei nas relações sociais e amorosas. Após o fracasso, só nos resta o orgulho. Um dia, quem sabe, minhas encenações teatrais alcancem sucesso. Provavelmente já terei morrido. Na Inglaterra, o morto sempre se transforma em um deus. Graças a Deus não vou presenciar a minha ausência. Ele nunca me devolveu o tempo com a memória de quem eu fui um dia. **Quem cultiva um jardim não precisa cultuar Deus. Só creio na realidade das coisas e no pensamento dos homens. Deus é nada em relação a tudo o que é real.** Quem é de fato Deus? Deus é ninguém. Por que usar letra maiúscula ao se referir a Deus se ele não existe? Se Deus não existe, então eu sou o mundo. Deus é o espírito dos ignorantes. Basta fechar os olhos para o homem descobrir que não é um deus. Pode-se afirmar que Deus vive tramando guerras entre os homens. Deus é uma invenção dos homens perversos e antigos. Nada de novo.

*(4 de julho, manhã
de quinta-feira)*

## SOU TRÁGICO

Rei Lear, Hamlet, Otelo, entre outros, me ensinaram que o sonho nunca vale mais que a existência. Estamos sempre fabulando ao narrar um sonho ou um pesadelo. Ulisses é um pesadelo de Virgílio. Há noites em que tenho vontade de matar o sono, como Macbeth. **Estou livre do meu passado e do meu futuro? Ando sem tempo para o tempo. Forjei tragédias para que os homens do meu tempo realizassem os seus desejos. O tempo, que tudo cura, nada cura.** A história, esse testemunho do tempo. Nem toda história repete-se como farsa e tragédia. Conto o mesmo conto dos meus antepassados. Ouço a voz dos meus antepassados nas ruínas da casa em que nasci. Histórias se transformam em histerias. Todo o resto é teatro. Minhas peças são inspiradas em histórias imaginárias e alucinações reais. Teatro é naturalmente ilusão. Na vida real o velho Rei Lear não ajoelhou para pedir perdão à sua filha Cordélia e, exceto os fantasmas, ninguém aterroriza o príncipe Hamlet.

*(8 de julho, após o crepúsculo de segunda-feira)*

# MACBETH

*As luas atraem os loucos*, me disse um primo que enlouqueceu ainda na juventude. Nunca mais voltamos a falar a mesma língua. De tempos em tempos, nasce um louco na minha família. Meu primo discordava de tudo, mesmo quando estava sozinho. Ainda criança, notei que ele era sábio, mas louco. Ele parecia estar sempre nas nuvens. Meu primo havia perdido o seu lugar no mundo. O homem é a medida de todas as coisas, diz Protágoras. A loucura é um assunto muito desconfortável para a família e, por isso, nunca é comentado na hora das refeições. Ele tornou-se um mito dentro da família. A linguagem é o templo da mitologia. Escrevo para não enlouquecer. Meu primo começou a enlouquecer ouvindo alucinações visuais e silêncios sonoros. Ele vivia dissimulando a existência. O louco enlouquece por ter sempre razão. Ninguém pergunta a razão porque ele enlouqueceu. Ele mostrou-se em diversas situações que era muito lógico e, talvez, este comportamento muito racional o levou à loucura. A glória do louco é morrer sem se conhecer. Será que meu primo fingia ser louco? **Pergunto-me se ele era um louco como Hamlet ou Macbeth, quero dizer, um louco que fingia ser louco para conquistar o poder. O louco é um grande ator que rasgou sua máscara.** Hoje em dia, ele vive perguntando o que é o tempo. Meu primo queria ser poeta, e não louco.

*(11 de julho,
manhã de quinta-feira)*

## ESCREVO PARA NÃO ENLOUQUECER

Confúcio pregava o ócio. O ideal é passar a vida à sombra do tempo. O filósofo vivia como Narciso à margem do rio que atravessava a sua cidade. Eu sei de onde vem e para onde vai o rio que margeia a minha cidade. O que fiz eu de mim? Escrevo-te para me conhecer. E o que te escrevo é sobre o que desconheço. O que ignoro me inspira, ao contrário de Hamlet, que se sente angustiado quando desconhece o mundo que o rodeia. Tudo o que eu ignoro sou eu. **Entregar-se ao vazio: eis a meditação. Como não pensar em nada? Tudo é pensamento. Escrevo para pensar em tudo o que ainda não pensei.** Desde menino escrevo na areia da praia. Após a onda retornar, só me resta a lembrança do pensamento, esta consciência alucinógena.

*(13 de julho, após o crepúsculo de sábado)*

## CONFÚCIO PREGAVA O ÓCIO

Estou me sonhando. Sonhei os dias que Aristóteles não foi compreendido por seus contemporâneos. Meus contemporâneos vivem o futuro no passado. A maioria dos homens vivem aquém do seu tempo. Quais escritores do meu tempo vão ser lidos pelas próximas gerações? Escrevo para me conhecer e não para ser reconhecido. **Queria ser Aristóteles, aluno de Platão e mestre de Alexandre, o grande, se eu não fosse Shakespeare. Ninguém consegue me desvendar; sou muitos outros que ainda não conheço.** Todo ser é realmente outros seres. Hoje em dia já não sou quem fui nem serei quem sou. O tempo reinventa diariamente o tempo. Revivemos tudo novamente; somos sempre os mesmos. Há dias tenho a sensação de viver em um tempo anterior ao meu nascimento.

*(22 de julho, madrugada*
*de segunda-feira)*

# ALEXANDRE, O GRANDE

O que é o horizonte senão uma narrativa espacial sobre a transcendência do tempo? Às vezes, tenho a sensação de que sou Antígono Gonato, rei da Macedônia, em busca do tempo perdido. Vivo diariamente um outro agora. Agora já é muito tempo. O tempo é a religião do espaço? De tempo em tempo mudo de lugar para me reencontrar. É muito difícil reencontrar-se após tanto tempo perdido. Vivi o inferno na Terra. Escrevo à maneira de Dante, o fantasioso. Ouço as raízes das árvores para entender a linguagem dos pássaros. O horizonte expande-se quando sobrevoo o meu crepúsculo. **Um dia vou retornar com os pássaros. Eu e os pássaros não vamos escapar do céu.**

*(27 de julho, após o crepúsculo de sábado)*

## EU E OS PÁSSAROS NÃO VAMOS ESCAPAR DO CÉU

Conta-se que Íbico plagiou Jesus ao afirmar *seja si mesmo*. *Conhece-te a ti mesmo*, diz Santo Agostinho, repetindo os gregos que reinventaram a civilização forjada pelos orientais. Preciso retornar a Altamira para desvendar a história da civilização. Retorno a esse período paleolítico para delimitar a fronteira entre a imaginação e a realidade. Tudo o que se pode imaginar é real. Não aprofunde muito o conhecimento sobre a realidade, a civilização ou sobre si mesmo – caso contrário, vai passar a se odiar. **Filosofar é uma maneira oculta de falar de si mesmo. Os escritos de Santo Agostinho são exemplos de filosofemas trágicos.** A religião é um meio político para sujeitar os homens à sua doutrina. Pode-se afirmar que a doutrina religiosa é genuinamente uma evocação da tragédia. A religião, esse templo de neuróticos.

*(3 de agosto, após o poente de sexta-feira)*

## FILOSOFAR É UMA MANEIRA DE FALAR DE SI MESMO

O dia amanheceu sem nuvens e profundamente azul. *O grande cansaço da existência talvez seja apenas esse enorme mal que causamos a nós mesmos com o fim de nos mantermos razoáveis, por vinte, quarenta anos, ou mais, ao invés de sermos simplesmente, profundamente, nós mesmos, isto é, imundos, atrozes, absurdos.* **Cada um é uma assombração de si mesmo. Sonho para me desassombrar. Tornei-me o que sonhei.** Narro sonhos e insônias. Escrevo para desnarrar acontecimentos dos meus antepassados. Sou a sombra e a memória dos meus antepassados. A memória inventa o tempo? Há dias em que vago entre as sombras dos meus antepassados para alumbrar o meu futuro. Meus antepassados viveram na sombra. Hoje anoiteceu com Sol e muito frio.

*(5 de agosto, antes da aurora de domingo)*

## CADA UM É UMA ASSOMBRAÇÃO DE SI MESMO

Ouço não só meu silêncio, mas os silêncios dos mortos. Desenterro a palavra para conversar com os meus mortos. Escrevo sobre meus mortos, que continuam vivos nos sonhos. Às vezes tenho a sensação que sou um evocador dos mortos. Somos mortos da superfície convivendo com mortos da profundidade. Meu pai ainda vive graças à sua repentina morte. *As almas são subtraídas à morte, e sempre, depois de ter deixado sua primeira morada, vão viver em outra, onde fazem sua residência.* Meu pai tornou-se um mito para a família. Já não se pode diferenciar o que é história ou mito em relação aos nossos antepassados. Desmistificar o tempo-espaço. Eis a realidade. O tempo que presenciamos já é lembrança. Uma das mais assombradas lembranças da infância era presenciar minha mãe falando sobre meu pai como se ele ainda estivesse vivo. A poesia é a memória de tudo que foi esquecido. **Pode-se afirmar que a poesia salvou a minha infância. Refugiava-me no meu quarto para ler a Odisseia, em vez de ouvir a minha mãe narrar as tragédias familiares.** Toda tragédia revela *acontecimentos que suscitam compaixão e terror.*

*(13 de agosto, manhã de segunda-feira)*

## A POESIA SALVOU A MINHA INFÂNCIA

Escrever um diário é revelar a intimidade do tempo. Aprendi ainda criança que *são os pequenos acontecimentos diários que tornam a vida espetacular*. Tudo acontece diariamente e de uma hora pra outra. Sorte não é milagre, mas acontecimento planejado. Quem tem talento não acredita em sorte. **Não se conta em diários os milagres, delírios ou alucinações, mas a realidade emboscando o tempo-presente. O diário como narrativa de ficção, autobiografia inventada.** Só escrevo sobre as coisas impessoais. Invento verdades para não contar mentiras? A verdade é o segundo Sol. Todo o resto é escuridão ou mentira. Tudo o que narro é invenção, apesar de ter presenciado tudo. Ainda ontem eu era um jovem. Hoje em dia sou um velho com o corpo devastado pelo tempo. O meu corpo é a minha prisão. Envelhecer é tornar-se herói da sua própria vida.

*(22 de agosto, após a alvorada de quarta-feira)*

## A VERDADE É UM SEGUNDO SOL

Outro dia, encontrei um amigo mendigando pelas ruas de Londres. O mendigo é um templo em ruínas à beira do precipício. Conta-se que Epicuro contentou-se com um jardim-pomar, umas porções de queijo e alguns poucos e bons amigos. Eu e o mendigo éramos amigos de infância, este tempo perdido entre a madrugada e o esquecimento. Quase toda noite sonho para reencontrar a minha infância perdida. Meu amigo ressaltou por mais de uma vez que está perdendo a memória. E completou: estou retornando ao Paraíso. Ressaltei a ele que o Paraíso, o Purgatório e o Inferno são invenções literárias. **A memória pode nos purificar ou envenenar. Dois meses após o nosso encontro, ele desapareceu ao pular nas águas benditas de Bath. A ideia dele era afogar-se junto à sua maldita memória.** Eu jamais repetiria o gesto de Otelo ou de Goneril em *Rei Lear*.

*(2 de setembro, madrugada de domingo)*

## OTELO

Um dia mato a sombra do meu pai. A minha sombra anima-se quando encontra o fantasma do meu pai. Meu pai está morto, mas ele vive em mim. Só um tempo não passa: o tempo do passamento. Conheci meu pai só em sonho. Meu pai é um sonho irreal, ausência sempre presente. O tempo, essa fantasia. Minhas conversas com meu pai em sonhos não fazem nenhum sentido, já que nunca o conheci. Conta-se que ele gostava de espreguiçar o tempo no jardim de inverno da casa. Creio que *quarenta invernos assediaram teu semblante.* Há casas mal assombradas que transformam quem vive nelas em deslumbrantes sombras. **A morte do meu pai tornou-se uma sombra na minha vida. Será que sou o fantasma do meu pai? Eu, ao contrário da minha família, não acredito em fantasmas.** Não há fantasmas, mas apenas sombras antigas. Há dias em que me olho no espelho e vejo meu pai.

*(3 de setembro, após o crepúsculo de segunda-feira)*

## UM DIA MATO A SOMBRA DO MEU PAI

A morte é o corpo da sombra abraçando o corpo do Sol. O corpo morre enquanto o espírito continua sobrevoando o mundo. O espaço do mundo só existe por causa do tempo, esse rio imaginário que nos transcorre diariamente. Conta-se que Sócrates, antes de tomar cicuta, debateu com Fedro o tempo profundo da imortalidade. Fedro: *Os trinta tiranos te condenaram à morte*. Sócrates: *E a natureza condenou-lhes*. Alguns dos meus personagens foram inspirados em Sócrates que pregava a filosofia da ação e da moral. A filosofia curou a minha angústia. Os angustiados retornam diariamente às suas dores fósseis. **A moral do homem encontra-se no seu pensamento e no seu coração. Comportar-se conforme seus princípios éticos: eis a moral.** A filosofia nos ensina que a moral é o único meio de salvação da humanidade. Eu queria ser o tempo para estar com Sócrates.

*(8 de setembro, após o crepúsculo de sábado)*

## A FILOSOFIA CUROU A MINHA ANGÚSTIA

Queria ter a coragem de Alexandre, o grande, e a modéstia de Sócrates, o espírito mais elevado da face da Terra. O que é o espírito, senão um tempo imaginado ou sonhado por nossa consciência? Quem me dera ter sido Alexandre ou Sócrates. **O filósofo tinha o hábito de andar descalço para animar o espírito e não para desprezar o corpo. Lembro-me das sandálias usadas eventualmente por Sócrates e que foram minhas na juventude.** Montaigne imagina *Sócrates no lugar de Alexandre; mas não vejo este no lugar daquele. Perguntai a Alexandre o que sabe fazer. Dirá: subjugar o mundo. Indagai o mesmo de Sócrates e responderá: viver a vida humana de acordo com as condições estabelecidas pela natureza.*

*(21 de setembro,
antes da aurora de sábado)*

## QUEM ME DERA TER SIDO ALEXANDRE OU SÓCRATES

Estou exausto dos meus êxtases. Deixo para todo mundo 38 peças, 154 sonetos, 2 longos poemas narrativos e este diário. O diário é sempre um manual íntimo e revelador, um livro de memórias ou de confissões, como o livro de Santo Agostinho. O diário não é apenas uma síntese da vida particular, mas uma declaração universal sobre a existência. Todo diário, com o passar do tempo, torna-se um livro de ficção. Escrevo para fugir da vida. Eu só quis morrer aos 21 anos. Depois vislumbrei que viveria somente até os 33 anos. **Quero ser pedra depois de morrer. A pedra é um templo? O que é o tempo da pedra? A pedra é a voz e o eco do tempo. As pedras tem todo o tempo do mundo para aprender a minha língua.** Ainda jovem descobri que todo dia o tempo do mundo começa e termina em nós mesmos.

*(22 de outubro, após o crepúsculo de terça-feira)*

## ESCREVO PARA FUGIR DA VIDA

Há dias anoiteço diariamente. Estou sonhando ou cavalgando a égua da noite? **A velhice é o crepúsculo emboscando a noite. O crepúsculo alumbra ou deslumbra. Em breve vou transcender o meu tempo.** Na infância, o tempo era nuvem e escapava num piscar de ventos. O que será do meu tempo quando eu for embora com o vento do mundo? Meu tempo não é deste mundo. Aprendi a ser do mundo e, ao mesmo tempo, de lugar nenhum. Eu, que nasci em lugar nenhum, sei que o mundo está dentro de mim assim como o tempo, essa lenda da mente. Há dias deixei meus passados no vão dos tempos. Desde menino sou hoje em dia. Tudo o que ocorre hoje já transcorreu ontem. Hoje em dia amanhã já é ontem. *O amanhã, o amanhã, o amanhã, arrasta-se lentamente neste passo mesquinho do dia a dia, até a última sílaba do tempo lembrado.* Lembro-me vagamente de quem fui ou serei.

*(26 de outubro, antes do poente de sábado)*

## LEMBRO-ME VAGAMENTE DE QUEM FUI OU SEREI

Os vícios de ontem são as virtudes de hoje. Aprendi tudo sobre a virtude com o espirituoso Sócrates. A virtude deveria ser um costume e não uma ação do acaso. O angustiado Demóstenes diz que *o começo de toda virtude são a reflexão e a deliberação, e seu fim e sua perfeição, a constância*. Angústia quer dizer *retornar à dor*. Pode-se afirmar que a angústia é uma espécie de sentimento musical. Há angústias melodiosas e ritmadas, atonais e barrocas; angústias que emitem sons à capela e silêncios ensurdecedores. **Hoje em dia só ouço o rio de sangue que corre dentro de mim. O angustiado vive para reencontrar o Paraíso perdido. O Paraíso é um não lugar, um tempo inventado pelos ficcionistas.** Creio que os meus antepassados moram no quinto dos infernos.

*(27 de outubro, noite de domingo)*

# SÓCRATES

Prefiro seguir a máxima de Crates, o cínico, que vivia como os cães; *vive a ti mesmo,* em vez do aforismo de Platão que afirma; *Conhece-te a ti mesmo.* Algumas sentenças são apenas vômitos verbais. **Viver como bem se entende; esta é a atitude mais moderna da antiguidade praticada por Sócrates.** Tenho a sensação que o conheço desde a infância. Às vezes, ao reler "Os diálogos", tenho a impressão que Sócrates é uma invenção de Platão. O filósofo Platão nos ensina quase tudo sobre o mundo sensível e o mundo das ideias. Gostaria de ter sido Sócrates, se eu não fosse Shakespeare. O filósofo diz que *um corpo, graças a sua simples força, e por seu ato, é poderoso o bastante para alterar profundamente a natureza das coisas do que jamais conseguiu o espírito em suas especulações e sonhos.* O corpo sente tudo e não o espírito que é um vento inventado pelos avoados. Há dias tenho a sensação de viver no mundo dos espíritos.

*(29 de novembro, após o crepúsculo de sexta-feira)*

## HÁ DIAS TENHO A SENSAÇÃO DE VIVER NO MUNDO DOS ESPÍRITOS

Jesus Cristo é admirado porque só revelou sua divindade quando estava prestes a morrer. **Quando eu morrer, que morra admirando as luzes emboscadas do crepúsculo.** Desde menino creio na mortalidade, esse tempo passageiro e noturno que nos permite vislumbrar o crepúsculo do Sol. Hoje despertei com o crepúsculo nos olhos. Nunca penso em transcender o tempo, afinal, escrevo apenas sobre episódios rotineiros, transitórios e provisórios. Minha narrativa é sempre a favor do tempo-presente. A eternidade inventada pelos homens não passa de uma ilusão, como o amor e a memória. A eternidade me dá vontade de vomitar. Desde sempre que o tempo circula entre idas e vindas, como a história. Todo o resto é lenda do vento. Quando eu morrer, espalhem as minhas cinzas por dentro das nuvens: eu vivi nas nuvens. *Meu pó será o que sou.*

*(30 de novembro, após as nuvens assombrarem o céu de sábado)*

## A ETERNIDADE ME DÁ VONTADE DE VOMITAR

O imperador Augusto usou a *Eneida*, de Virgílio, para reafirmar a sua pretensão ao poder divino. **Sei que tudo é vaidade e expectativas de poder. Os poetas deveriam ser os legisladores do mundo. Vivo em um tempo de ignorantes, idiotas, corruptos e políticos inúteis.** Os animais são mais sensíveis que os políticos. Os políticos, com raras exceções, são como Agamenon que só pensa em si mesmo. *Há algo de podre no reino da Dinamarca.* Vejo com clareza a escuridão do meu tempo. O tempo não cura as dores do passado. Pode-se afirmar que o tempo dos meus antepassados está manchado de traições, sangue e lágrimas. Meu país foi forjado através de séculos de guerras. A memória é mais profunda que o vasto mar. Torço para que a Inglaterra reescreva a sua história na areia do mar ou na vela do navio.

*(23 de dezembro, antes da alvorada de segunda-feira)*

# REESCREVER A MINHA HISTÓRIA NA AREIA DO MAR

O rio do meu tempo vai transtornar em breve em outro espaço. Eu sou o rio que está prestes a naufragar no mar. Há dias atravesso a nado o mar de Ulisses. *Deuses, não me julgueis como um deus, mas como um homem destroçado pelo mar.* O mar é a meditação da Terra. **Eu não me chamo Orpheu, mas ainda aguardo Eurydice, minha paisagem esculpida pelo vento do tempo.** Desde menino, caminho contra o vento, mas a favor do tempo. Folhas ao vento me lembram o tempo perdido. O vento circula por todo lugar para contar a história sem fim do tempo de todo mundo. Desde que tomei consciência do tempo, sei que sou mortal; estou sobrevoando o horizonte do meu crepúsculo. Agora estou livre do pensamento, do sonho, da realidade e do tempo. Ouço o eco dos ventos para não envelhecer o meu tempo. O vento é uma montanha cujas pedras são o tempo. Há dias tenho vontade de arrancar pela raiz o vento.

*(27 de dezembro, após o crepúsculo de sexta-feira)*

# ORPHEU

Desde muito jovem vivo a liberdade do cínico Diógenes que revelou a alma atormentada do homem. Muitos o chamam de *cão celestial*. Eu o chamo de *filósofo dos abismos*. Para viver a liberdade deixe o seu tempo ao vento. Estou sobrevoando o meu abismo, quero dizer, estou morrendo. Vejo daqui todas as estrelas do outro lado do tempo. Caminho sob as estrelas para renascer a cada dia. *Morrer _ dormir; dormir, talvez sonhar _ eis o problema; pois os sonhos que virem nesse sono de morte, uma vez livres deste invólucro mortal, fazem cismar. Este é o motivo que prolonga a desdita desta vida.* Desperto para confirmar que estou vivo. O sono é um tempo da morte, diz o meu avô. Morrer é enterrar um futuro. Eu sou contemporâneo do futuro. Em breve vou vivenciar enfim o meu fim. O meu fim é o meu recomeço. Eu transcendi um crepúsculo e um destino. Eu ainda não acredito que morri. Hoje em dia sinto tudo sem as dores do corpo e vejo tudo sem os olhos. Agora deixo de ser eterno. **Quem nascer após a minha morte que invente outro tempo. Um bando de pássaros alçou voo na beira do rio do meu tempo.** Um sonho; acordar a tempo. O tempo é um templo. Entre, o tempo é todo seu.

*(30 de dezembro, antes da alvorada de segunda-feira)*

# EPÍLOGO

*Acabo de concluir uma obra que nem a ira de Júpiter, nem o fogo, nem o ferro, nem o tempo devorador poderão abolir.* O diário diz quase tudo; a vida como única saída. Após ler este diário, esqueci-me, já que não estou mais no mundo. Só uma coisa sei; fui feliz, apesar de tudo e de todos. **Sou Shakespeare e não Hamlet. Eu só quis ser Hamlet quando mergulhava no rio da juventude.** *Que um coro de anjos me acompanhe em meu repouso.* O meu anjo da guarda está sempre dormindo. O céu continua nublado. O tempo atravessou a noite sem lua. A manhã anoiteceu? *Canta, ó deusa, a cólera de Aquiles.* A memória esvaiu-se com o tempo. O tempo, não há mais tempo.

*PARA OS VIVOS E PARA OS MORTOS*

# POSFÁCIO

*Pedro Maciel*

*O diário perdido de Shakespeare* talvez seja o meu livro mais profundo e o mais inovador. A primeira leitura pode causar estranheza por ser um livro anticonvencional e inacabado. Flaubert diz que "a imbecilidade consiste em querer concluir". O leitor vai descobrir por meio do *Diário* um mundo plenamente indefinido, naturalmente estranho e diabolicamente belo.

O *diário* é fragmentado e apresenta uma brevidade digna do meu tempo. Ítalo Calvino afirma que "hoje em dia, escrever livros longos é um contra senso: a dimensão do tempo foi estilhaçada, não conseguimos viver nem pensar senão em fragmentos de tempo que se afastam, seguindo cada qual sua própria trajetória, e logo desaparecem. A continuidade do tempo só pode ser reencontrada nos romances de época em que o tempo, conquanto não parecesse imóvel, ainda não se estilhaçava". Pode-se afirmar que o tempo é o protagonista de O *diário perdido de Shakespeare,* que também poderia se chamar "Em memória do tempo".

Neste livro, apresento-me como um autor sem estilo e inclassificável. Nunca sonhei cultivar um estilo de escrita. Mudo de estilo conforme o tema a ser explorado. Não poderia ser diferente ao escrever o diário fictício de Shakespeare que, *após Deus, deve ter sido o ser humano que mais criou na face da Terra.* Creio que, com o passar dos anos, *O diário perdido de Shakespeare* será considerado um clássico, por dizer algo complexo de uma forma simples. *O que se costuma chamar de clássico é sempre um certo produto obtido com o sacrifício da verdade e da beleza.* Considera-se também clássico um livro que explora o universo e, ao mesmo tempo, nos comove de uma maneira particular. O leitor vai se identificar com esta narrativa pessoal que se transforma no exemplo de uma narrativa universal.

*O diário* é uma espécie de breviário para os melancólicos e desiludidos. O livro mostra, como, na vida, que a realidade sonhada é passageira e ilusória. Desde o tempo de Homero, o sonhador, que historiamos o destino da humanidade. Somos o tempo dos nossos antecedentes, apesar do tempo não passar de uma ilusão do espaço. Desde menino sobrevoo o meu abismo. Às vezes, tenho vontade de voar para outro espaço, como fez Perseu.

## SOBRE A OBRA DO AUTOR

*Retornar com os pássaros* é muito bonito, inteligente e instigante. | **Ferreira Gullar**

Pedro Maciel se utiliza da exatidão e da precisão das palavras para descrever os sentimentos em *Retornar com os pássaros*. O autor aborda sentimentos marginalizados na atualidade. Para tanto, proporciona novos significados às palavras. A cada capítulo, a linguagem é reinventada. | **Folha de São Paulo**

Pedro Maciel chega ao terceiro romance, *Retornar com os pássaros*, superando-se ainda mais, o que o coloca como um dos escritores mais originais de sua geração. | **Estado de Minas**

*Retornar com os pássaros* percorre um voo, é uma espécie de alegoria do voo, no sentido físico e metafórico a um só tempo. Prova disso são as ideias que são retomadas de um capítulo para o outro, em geral nos títulos, fazendo o pensamento saltar para o capítulo anterior para então prosseguir e, assim ou por isso, o leitor realiza uma leitura sempre circular. Pode-se dizer também que essa organização toma emprestada a construção musical, com o retorno do tema, mas de um modo desconstruído, como na música contemporânea. Este terceiro livro de Pedro Maciel confirma a realização de uma nova forma de narrar na língua portuguesa, que se encaixa perfeitamente no tempo exíguo que temos no presente, digital e instantâneo, em que o trabalho solicita todas as horas. *Retornar com os pássaros* foi antecedido por *A hora dos náufragos* e *Como deixei de ser Deus*, ambos elogiados pelos principais críticos em jornais impressos que ainda tratam de crítica literária e literatura comparada no Brasil. Seu destino parece ser o de virar best-long-seller.

O estilo de Pedro Maciel atrai o leitor como um ímã. É impossível parar de ler e, ao final, permanece aquela saudade e tristeza porque a história acabou. O mais intrigante, porém, é que não existe um desenho tradicional na história, pois o personagem-narrador tem uma origem misteriosa e um percurso enigmático. Vê o mundo de fora e trata o sonho como realidade ou vice-versa. A ação é joyciana, acontece na mente do protagonista. Já o tempo é woolfiano, pois nunca passa e nunca para de passar. Mas sua prosódia é singular, única. Impressiona a proximidade com a filosofia e a astronomia. Não há como não pensar na *Poética*, de Aristóteles, quando o sábio grego descreve o conteúdo dos gêneros e discorre sobre a construção do pensamento. As presenças de Nietzsche e Cioran se revelam aqui e ali no tom profético de certas afirmações sobre a humana sina de viver. Um eco de Dostoievski e Beckett confirmam-se em considerações sobre o nada e a existência. A psicanálise fenomenológica de Bachelard pode ser lida nas entrelinhas sobre a natureza dos materiais que são objetos do autor-narrador.

Todas as camadas do gênero romance são postas em cheque. O jogo pronominal questiona a função do protagonista no romance. O eu- narrador autodestitui-se logo no início — Eu nem sempre quer dizer eu mesmo e conduz a reflexão do leitor, que se depara com insights e/ou revelações poéticas. Além disso, confunde-se com um ele misterioso e inclui o leitor na narrativa. O especial de *Retornar com os pássaros*, com sua ambiguidade e ironia constitutivas, é pensar o estar no mundo dentro e fora do que se compreende como humanidade, num jogo inteligente entre a física e a metafísica. A literatura de Pedro Maciel tem desdobramentos múltiplos e surpreendentes.

Diferentemente de outros contemporâneos, a obra de Maciel é aberta e não se encerra em si mesma. | **Folha de São Paulo**

*Previsões de um cego* é o fluxo de uma consciência que se depara com a inexorabilidade do tempo e o encontro com a finitude. | **Folha de São Paulo**

*Previsões de um cego* é um belo livro. | **O Globo**

*Previsões de um cego* narra com absoluta originalidade, diferencial por excelência de Pedro Maciel, - a ficção de um homem confinado num hospital psiquiátrico onde acredita escrever *O livro dos esquecimentos*, ainda que desconheça sua identidade, a alteridade, a noção de tempo passado e futuro, e, o pior, consciente apenas de estar irremediavelmente perdendo a memória. *Previsões de um cego* é um romance sobre a responsabilidade de existir. Livro que faz ver muito além do óbvio e pensar mais vertical que o realismo do dia seguinte de ontem. | **Estado de Minas**

*Previsões de um cego* tem a ênfase no fraseado poético, burilado, extenso no alcance de referências e intenso, mergulho em profundidade, não apenas na experiência que o narrador traz à tona, mas também naquele "fluxo de consciência" a lembrar as altas literaturas que desde os escritos de James Joyce e Franz Kafka, entre outros mestres do 1900, tem desfiado em metalinguagem o modelo tradicional da ficção em prosa. Na fronteira entre a lembrança e o esquecimento, Pedro Maciel surpreende. | **Hoje em dia**

Li como um sonâmbulo as *Previsões de um cego*, inteligente monólogo de um louco sobre o tempo e em especial o esquecimento e a tentativa de livrar-se do passado. As repetições, como mantra, dão vida à sombra que pontua o relato. Acho corajosa a postura de um livro que se sustenta apenas com reflexões, sem enredo e quase com um único personagem (eventualmente na companhia de sua sombra e do doente ao lado). Afinal, a reflexão é o que há de insubstituível e específico no texto literário. | **João Almino de Souza Filho**

Desta viagem ao redor do Tempo, entre lembranças e a busca do esquecimento, tudo já está (bem) dito pelos que avaliaram este e os outros livros de Pedro Maciel. Resta-me fazer coro com todas as opiniões, especialmente à de Silviano Santiago que, numa tacada de mestre (do mestre que ele sempre foi), ressalta a atitude e altitude poética-visionária de sua prosa inspirada e utópica. Enquanto lia *Previsões de um cego*, me lembrava dos poemas em prosa de Baudelaire e dos *Cantos de Maldoror*. Uma viagem no tempo das minhas próprias leituras. Agora vou correr atrás de *Como deixei de ser Deus*. | **Antônio Torres**

*Previsões de um cego* me pegou até o fim. E a experiência quase louca do desprendimento do narrador se tornou quase familiar, próxima. | **Contardo Calligaris**

O escritor brasileiro Pedro Maciel possui uma virtude rara entre os novos escritores de língua portuguesa: a originalidade. | **José Eduardo Agualusa**

*Como deixei de ser Deus* é uma das obras mais importantes da literatura brasileira de 2009. O melhor do livro é a forma que o autor adota para construir a "narrativa".

Em vez dos procedimentos comuns da prosa, ele conta a derrocada dessa estranha deidade protagonista por meio de aforismos, frases curtas que impressionam pelo caráter assertivo e, ao mesmo tempo, pela fragilidade do sujeito que as redige.

Um sujeito que se desloca a tal ponto de o leitor jamais conseguir capturá-lo. É como se Deus ou um genérico se esgueirassem de qualquer possibilidade de apreensão, ou definição exata, ocultando-se em um fragmento encarnado em volume. Pedro Maciel se porta como um cético apavorado pela exatidão. De tão descrente, passa a sugerir que acredita. Seus aforismos – e de outros autores citados, mas não mencionados – assumem a condição de poemas precários ou capítulos curtos e falhos. Nisso, *Como deixei de ser Deus* não tem nenhum similar na literatura de que eu tenho notícia. | **Época**

*Como deixei de ser Deus* é uma cosmologia irônica. Pedro Maciel salva do desastre do tempo esboços de cenas e personagens que deveriam compor um grande romance cosmológico. | **Folha de São Paulo**

Este romance é uma obra cult que se presta a múltiplas interpretações. Cada capítulo de *Como deixei de ser Deus* pode ser considerado um fragmento na linha machado-oswaldiana de reinvenção do romance. | **Estado de São Paulo**

*Como deixei de ser Deus é um* fabulário da descrença. Romance de formação na melhor tradução que a expressão possa ter. | **Rascunho**

Vou me esbaldando aos poucos com seu livro *Como deixei de ser Deus*. Seus pseudoaforismos são grandes *shots* filopoéticos aplicados direto na mente do leitor, bem ali onde a linguagem constrói a ficção da consciência. Aliás, muito bons para tirar a consciência dos eixos rotineiros e soltá-la em rotas absolutamente imprevisíveis. Grande presente. | **Reinaldo Moraes**

Pedro Maciel nos faz acreditar que a literatura brasileira possa ainda apresentar alguma coisa de novo que, curiosamente, remonta à própria arte de escrever: o estilo. Seu primeiro romance, *A hora dos náufragos,* perturba pela força da linguagem. O que há de mais próximo desse livro seriam os famosos *fusées* de Baudelaire". | **O Globo**

Não é fácil sair impune desta história. *A hora dos náufragos* é um daqueles livros que você devolverá à estante, mas ficará martelando na sua cabeça por um bom tempo. | **IstoÉ**

A linguagem de *A hora dos náufragos* é a dos fragmentos, contemporânea como as experiências tecnológicas dos *e-mails*, dos *blogs*, das mensagens instantâneas que invadem computadores e telefones celulares, das frases curtas, dos diálogos entrecortados, dos pensamentos desencontrados, que sobressaltam para além da simples possibilidade racional de lidar com a vida. | **Entrelivros**

*A hora dos náufragos* é uma ficção densa e instigante. O texto flui como águas quietas na superfície, mas turbulentas no fundo. | **Jornal do Brasil**

*A noite de um iluminado*, romance emblemático da pós-modernidade, confirma Pedro Maciel como um dos escritores mais originais da língua portuguesa. | **Jornal Estado de São Paulo**

Prefiro ler literatura no pomar do Mosteiro, a biblioteca deixo para o estudo. Aqui, entre árvores frutíferas, me encontro com *A Noite de Um Iluminado,* título sugestivo para quem busca uma luz, quem procura suas origens e quer desvendar a que se destina, mesmo que o futuro não passe de um ocaso, noite. Na biblioteca, além do acervo monástico encontramos também exemplares de Schopenhauer e Nietzsche. Lembro que coube ao Cardeal Gianfranco Ravasi, Presidente do Pontifício Conselho dos Bens Culturais da Igreja, discursar na abertura do Átrio dos Gentios em homenagem ao centenário de nascimento de Emil Cioran. Schopenhauer, Nietzsche e Cioran, por que esses ateus me interessam? Porque foram todos místicos, visionários do pensamento, e experimentaram a solidão monástica da escrita. Porque suas querelas com deus justificaram sua necessidade, pois com o homem decadente não há necessidade de duelar. Isto também é o que me interessa em *A Noite de Um Iluminado*. Um narrador acompanhado de estrelas, personagens e antepassados vive a solidão da escrita e sua luta é com o verbo criativo que tudo insemina. Nega um deus várias vezes, mas suas personagens oníricas ressuscitam um deus noite como se admitisse que não há mal em inventar seu próprio tempo, seu próprio deus. Nessa errância noturna insinua que antes das estrelas, antes do tempo haviam as palavras mágicas: A música celestial. | **Ramon Cardeal**

Talvez as palavras de outro escritor, Martin Walser, em seu Unicórnio, também nos ajude a definir bem a experiência literária de Pedro Maciel: "Necessitaria de antipalavras. Palavras para a lembrança apresentam-se como um eco. Mas o eco é o próprio som, o MESMO ruído, lançado de volta ao meu ouvido." Um romance como esse não nos dá o norte, ao contrário, demonstra que o mapa celeste se recompõe a cada momento, já que o brilho de uma estrela não é mais o que existe, mas o que existiu. Tempo e espaço cósmicos são o laboratório dessa literatura, que não faz mais perguntas à "realidade do mundo", mas à linguagem celeste da poesia, um espaço novo e aberto às perguntas fundamentais sobre a razão de nossa existência e um novo sentido para a escritura do romance. | **Jardel Dias Cavalcanti**

Pedro Maciel é autor dos romances "A noite de um iluminado", ed. Iluminuras, "Previsões de um cego", ed. LeYa (2011), "Retornar com os pássaros", ed. LeYa (2010), "Como deixei de ser Deus", ed. Topbooks (2009) e "A Hora dos Náufragos", ed. Bertrand Brasil (2006).

CADASTRO
ILUMI**N**URAS

Para receber informações sobre nossos lançamentos e promoções envie e-mail para:

cadastro@iluminuras.com.br

A *Iluminuras* dedica suas publicações à memória de sua sócia Beatriz Costa [1957-2020] e a seu pai Alcides Jorge Costa [1925-2016].